Para Nadia

© 2016, Editorial *Corimbo* por la edición en español
Av. Pla del Vent 56, 08970 Sant Joan Despí, Barcelona
e-mail: corimbo@corimbo.es
www.corimbo.es

Traducción al español Macarena Salas

1ª edición junio 2016

© Yasmeen Ismail 2015. Esta traducción de "I'm a girl!" esta publicada
por Editorial Corimbo por acuerdo con Bloomsbury Publishing Plc.

Impreso en China
Depósito legal: DL B 400-2016
ISBN: 978-84-8470-535-2

¡Soy una Niña!

Yasmeen Ismail

Corimbo

A veces soy **dulce,**

tierna y **educada.**

Otras soy **rebelde**
y algo **descarada.**

¡Soy una niña!

¡Soy una niña!

¡Soy una niña!

Soy la más valiente, esa es la verdad.

Soy muy espontánea,
      me gusta improvisar.
   Y cuando lo hago, ¡lo paso GENIAL!

¡Soy una niña!

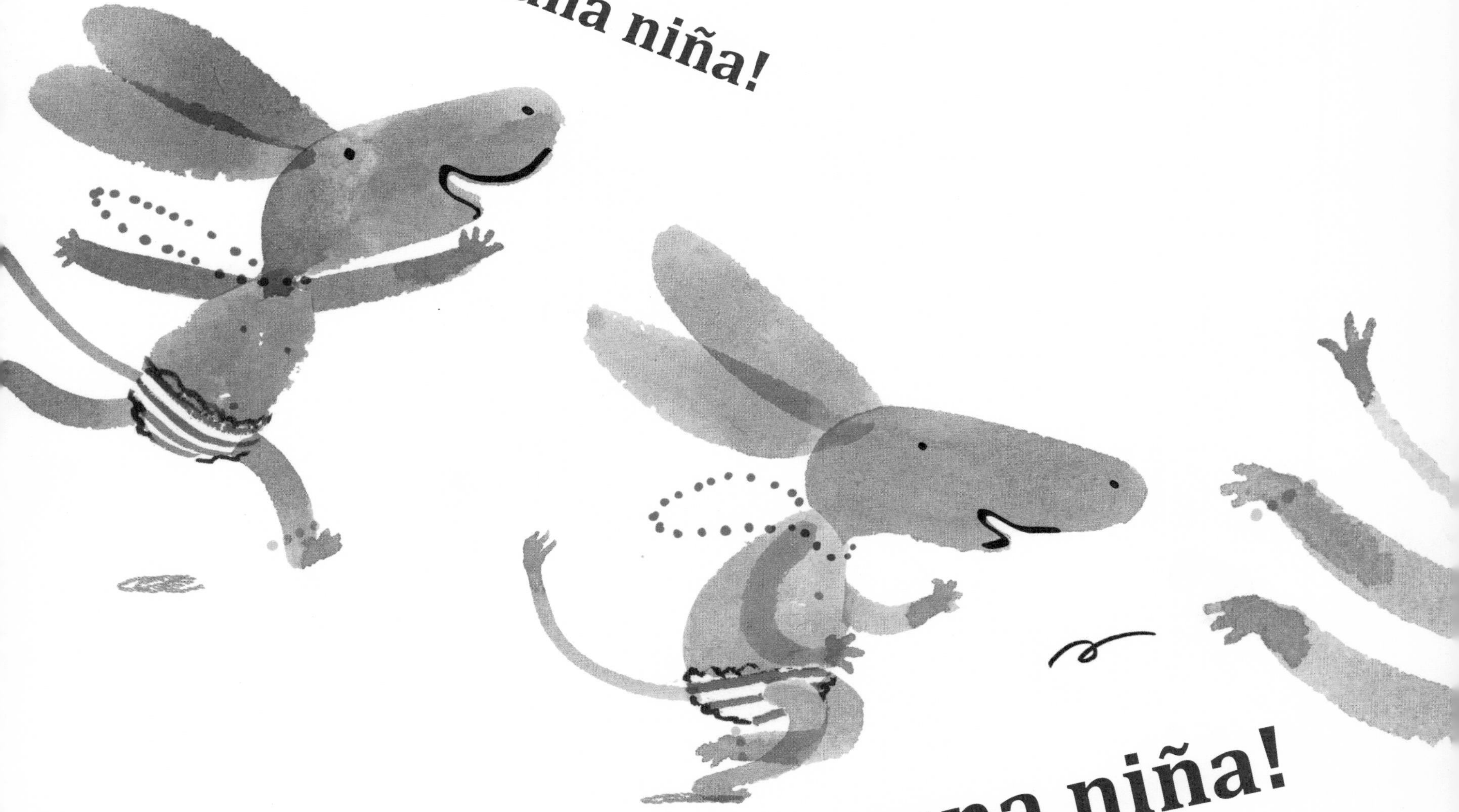

¡Soy una niña!

¡Soy una niña!

Me gusta jugar **a todo tipo** de juegos.
   No hay una manera **buena** o **mala** de jugar
cuando usas la **imaginación**.

Las muñecas son para niñas.

Está **bien** querer ser **bueno** en las cosas.

Me gusta ser la MEJOR.

¡Soy un . . .

niño!

¡Ser nosotros es **FABULOSO**!

¡Soy un niño!

¡Soy un niño!

¡Soy un niño!